漫畫三國 上

羅貫中　原著
趙鵬工作室　編繪

新雅文化事業有限公司
www.sunya.com.hk

人物介紹

劉備

字玄德，漢朝中山靖王的後代，三國時期蜀國（又稱蜀漢）的開國君主。有一雙大耳朵。年幼時與母親賣草鞋、織草蓆為生。東漢末年與張飛、關羽結為異姓兄弟，組織義軍討伐黃巾軍，逐漸建立自己的勢力。待人寬厚，深得將領和百姓信任。

關羽

字雲長，漢末三國時期的著名將領，與劉備、張飛結為異姓兄弟，助劉備打天下。性格剛直，忠義仁勇，武藝高強。

張飛

字益德，漢末三國時期的著名將領，與劉備、關羽結為異姓兄弟，助劉備打天下。性格急躁、粗豪。

曹操

字孟德，小字阿瞞。東漢末年參與討伐黃巾軍，後來當上丞相，有魏王的封號。挾天子以令諸侯，建立自己的勢力，與劉備、孫權三分天下。為人聰明有計謀，文武兼善。他去世後，兒子曹丕正式建立魏國（又稱曹魏）。

董卓

原本是河東太守、漢朝末年的將領，因受皇帝重視，漸漸把持朝政，更自封相國，掌握大權，致使曹操、袁紹等人聯合各地諸侯進京討伐。

王允

東漢的官員，對朝廷忠心耿耿，因不滿董卓把持朝政，與養女貂蟬布下「美人計」，消滅奸臣。

呂布

東漢末年著名的將領，曾為董卓、袁紹等陣營效力。拜董卓為義父。擅長騎馬和射箭，勇猛善戰。

貂蟬

原本是孤兒，得王允收養為女兒。與義父聯合使計消滅董卓。

袁紹

東漢末年的地方諸侯，曾任渤海太守。起兵討伐董卓，其後積極擴張勢力，佔據多個地方，一度成為東漢末年勢力最強的諸侯。

袁術

袁紹的弟弟，曾與袁紹、曹操聯合攻打董卓，後來自立為帝，被袁紹、曹操的聯盟打敗。

漢帝

漢獻帝劉協，東漢最後一位皇帝。在他九歲時，董卓廢了當時的漢少帝，改立他為皇帝，朝廷大權都在董卓手中。後來被曹操挾持，大權落到曹操手中，有「挾天子以令諸侯」之說。最後被迫禪讓帝位。

華雄

東漢末年的將領，屬於董卓的陣營，殺敵無數。在《三國演義》裏面有「温酒斬華雄」的經典情節。

荀彧

為人聰明機智，原本是袁紹旗下的謀士，後來轉投曹操陣營，為他出謀獻策，在曹操的成功路上擔任重要角色。

許褚

曹操身邊的侍衛，力大無窮，深得曹操信任。

許攸

原本是袁紹陣營的謀士，提出多種計策，後來投靠曹操，是著名戰役「官渡之戰」中決定勝負的關鍵人物。

夏侯惇

曹操陣營的將軍，自曹操討伐黃巾軍時已跟隨左右。在一次戰爭中被箭傷及眼睛。

目錄

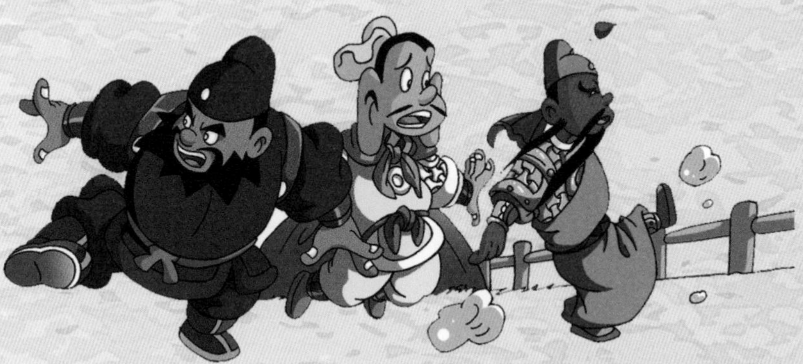

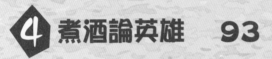

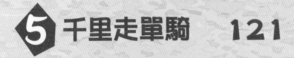

1 桃園三結義

東漢末年朝政腐敗，連年災荒，民不聊生。

張寶
張角
張梁
落第秀才張角見人心大亂，便與兄弟密謀發動起義。

張
大家一起推翻暴政啊！
蒼天已死，黃天當立，歲在甲子，天下大吉！

他們頭戴黃巾，所以叫黃巾軍。

黃巾軍殺貪官、分土地，很快發展到上百萬人。

嗒嗒嗒
消息傳到了皇帝耳朵裏。

來……來人啊！快去鎮壓叛軍！

各地開始招兵擴軍。
招兵了！

劉備
文
檄
唉！
大丈夫不為國家出力，在這兒歎什麼氣！
敢問壯士尊姓大名？
張飛
我叫張飛張翼德！
我這人最愛結交好漢。看你氣度不凡，可是為什麼在這兒歎氣？

我叫劉備，字玄德。唉，我一心想率軍報國，可惜沒有財力啊！
嘿，這好辦啊！我有點兒錢，我們一起來幹點兒大事吧！
於是，兩個人到酒館談心。
酒
嗒嗒嗒
酒家！快上酒菜，吃完了我還要投軍去呢！
關羽
哇！這位壯士，不如過來一起喝酒吧！
多謝！我叫關羽關雲長。因殺了家鄉的一個惡霸，逃亡了五六年，現準備投軍……
大家如此志同道合，兩位不如到我莊上，一起聊聊吧！

三人相見恨晚，聊得很投機。
你們看，桃花開得正好，我們不如在此結拜兄弟吧！
不求同年同月同日生，只求同年同月同日死！

劉備年長，做了大哥，關羽是二哥，張飛排行第三。
大哥！
兄弟三人開始招募鄉勇，一下來了好多人。
三兄弟各自打造了一套兵器。
雙股劍
青龍偃月刀
丈八蛇矛槍

程志遠
不久，黃巾軍主將程志遠率軍進攻涿郡。
劉備三人帶領人馬前去迎戰。
黃巾軍派副將鄧茂出陣。
讓你哭着求饒！
哎呀呀！張翼德在此，不得放肆！
啪
嗒
嗒嗒嗒

程志遠不服，拍馬舞刀，向張飛衝過去。
嗒嗒嗒
亂賊，嘗嘗我的厲害！
啊！
嗖
鏘——
衝啊！
黃巾軍大敗。
哈哈，首戰告捷！

盧植
盧
劉備立功後，率軍投奔盧植——他的小學老師。
學生劉備參見盧大人！
你來得正好，快助我殺敵！
深夜，黃巾軍軍營。
黃巾
劉備帶兵襲擊了黃巾軍。
黃巾
噼 噼啪 啪 噼 噼噼 啪啪
哈哈！火攻用得妙啊！
噼 噼 啪 啪

救命啊！
嗒嗒嗒
哪裏逃！
!!!
曹
嗖
呼——
呼——
曹操所向無敵，百戰百勝，黃巾軍落荒而逃。
曹操
這支軍隊真是神勇啊！

天微亮。
報！亂賊全部被消滅了！
好！我們回去找盧大人。
可是在路上，他們看到盧植被抓了起來。原來他被奸臣誣陷，要關進牢獄。
劉
大哥，這怎麼辦？
唉，先回涿郡再說吧！

大哥，那邊好像在打仗！
嗖——
哎呀呀！又是黃巾軍在作亂！
黃巾
董卓
嗒嗒嗒
董卓是河東太守，一向傲慢無禮。
救命！
兄弟們！快去救人！

呼
呼
呼
噓，好險啊！差一點兒就沒命了，嚇死我了。
我說，你們幾個做的是什麼官呀？
回稟大人，我們都是平頭百姓，沒做什麼官。
什麼？平頭百姓還敢進我的大營！
這還有規矩可言的嗎？來人啊，把他們給我轟出去！
嗒嗒嗒

哎呀呀，這個狗官，如此無禮！我一定要殺了他！
三弟，別衝動！
哼，我可受不了這樣的氣！你們不殺他，那我走！
三弟！我們是兄弟，要走也要一起走啊！

路上，三人碰到曹操正在追殺黃巾軍。
曹
將軍這支隊伍真是訓練有素啊！
哈哈！哪裏，你過獎了！
我還有事，先告辭了！
後會有期！
這三個人都是當今難得的英雄啊！

劉備連連立功，可朝廷只封了他一個安喜縣縣尉。
劉備無奈遣散將士，與關羽、張飛到安喜縣上任。
安喜縣
劉備和關羽、張飛一起吃飯、睡覺，比親兄弟還親。
劉大人真是好官啊！
以後記住就是了，不可偷盜。
啊！大人都不打我？
劉大人這麼寬宏大量，我再也不會偷東西了……
啪

不久，朝廷頒旨，因軍功而獲封的官，一律取消。
唉，怎麼這樣啊！
報劉大人，督郵來安喜縣考察！
劉備準備出城迎接。
督郵
安喜縣縣尉劉備歡迎督郵大人！

哼！
這傢伙好大的架子啊！
我去教訓教訓他！
兩位賢弟不要胡鬧，你們先回去吧，我一個人送督郵去驛館。
驛館
這個笨蛋，還不給本官上供！
劉備！你虛報功績，皇上要撤你的職！

縣衙
劉備回到縣衙。
天啊！我哪裏有虛報功績了？
唉，劉大人，督郵是要你給他錢。
什麼？哪來的錢給他呢？
哼！有錢也不給！
這個貪官，太欺負人了！
第二天。
驛館
來人——來人啊！把縣吏給我叫來！
縣吏，聽說劉備迫害百姓，可有此事？
沒有啊！劉備愛民如子！
胡說，你還敢包庇他！來人，給我綁起來！

劉大人
是好人
呀！
滾開！到一
邊哭去！煩
死了！
喂！發生了
什麼事？
張大人，督郵
逼縣吏誣陷
劉大人……

敢陷害我大哥！他是活得不耐煩了！
狗官！
啊！
呀！

哎喲，輕點
兒！疼死
我了！
督郵被
張大人
抓了！
太好
了！
張飛把督郵
拉到縣衙，老百
姓爭相觀看。
你這狗官，
看你再耍威
風！
啪！
啪！
哎呀！
疼死了！

黑爺爺，你……你就饒了我吧……
三弟，你這是幹什麼？
玄德公……救命呀！
這狗官要陷害大哥，我要教訓教訓他！
這時，關羽也拿着官印走了出來。
大哥，這裏不是我們待的地方，乾脆走吧！

你這貪官，本來該殺，今天暫且饒你一命。
二弟、三弟，我們走！
劉備三人動身離開安喜縣，老百姓都依依不捨……

2 三英戰呂布

董卓進駐京城洛陽後，控制了年幼的皇帝，自封相國。
皇帝在我手裏，誰不聽我的就殺誰！
朝中大臣個個敢怒不敢言。
董卓太可惡了。
是啊，可他手握兵權，我們惹不起啊！
曹操計劃刺殺董卓，卻沒有成功。

該死的董賊！我一定要鏟除你！
曹操逃回家鄉。
我要給各路諸侯寫信，請他們一起討伐董賊！
送信的人往各路出發。
嗒嗒嗒
嗒嗒
討伐董賊！

北平太守公孫瓚收到信後也前往洛陽。
公孫瓚
我兄弟三人願隨太守一起討伐奸臣！
好，你們可助我去殺董賊！
就這樣，劉備、關羽、張飛跟隨公孫瓚大軍進發。
各路人馬陸續來到洛陽附近，共十八路諸侯。
我們請渤海太守袁紹當盟主，如何？
好！

多謝各位支持！我袁紹對天立誓，願與大家同心同力，討伐董卓，共扶漢室！
袁紹
袁

討伐董卓，共扶漢室！
袁
討伐董卓，共扶漢室！

長沙太守孫堅聽令！
孫堅在！
命你為先鋒大將，攻打汜（粵音似）水關！
得令！
殺！

汜水關
糟了，這可怎麼辦啊？
媽呀，我好怕啊……
快、快去通、通知董相爺！
是！
董大人，不好啦！
漢
洛陽
什麼！十八路諸侯都要來殺我？

怎麼辦，
怎麼……
父親不要怕！
有我呂布在，那十八路諸侯全都要滾回老家去！
呂布
哈，哈，對呀！
我兒天下無敵，我還怕什麼！
殺雞何必用宰牛刀！
華雄
不用大將軍親自出馬，讓我前去收拾他們就夠了！

好！就命你帶兵五萬前往汜水關！
得令！
汜水關下，華雄和孫堅的軍隊打得難分難解。
天漸漸黑了。
趁着夜色，正好偷襲孫堅大軍，嘿嘿！
不好了，有人偷襲啦！
什麼？

快撤！
華雄乘勝追擊，一路殺到了袁紹的大營前。
袁
什麼？
連孫堅這樣的猛將都敗了，這下可怎麼辦？

嘿嘿！
公孫太守，你身後站的是何人？
這是我從小一起讀書的兄弟劉備，他是漢室宗親。
既是漢室宗親，快快賜座！
謝大人！
大……大人！華雄在大營前挑戰！
誰敢迎戰？
小將俞涉願前往迎戰！

不，不
好啦！
俞將軍
他……
俞將軍戰了
三個回合，
就被華雄
殺了！
啊！
袁紹又命上將潘鳳出戰。
豈有此理，看
我去斬華雄！
潘鳳拿着一口大刀和華雄戰在一起。
啊！
還有誰來
送死！

啊！又敗了……
這都怪我的上將顏良、文醜不在身邊啊！
小將願意去！
哦？你是誰？做什麼官啊？
他叫關雲長，劉備的義弟，是個馬弓手。
哼！
袁術
你嘲笑各諸侯沒大將嗎？一個馬弓手，竟敢胡言亂語，來人！給我把他趕出去！
慢着！

他敢這樣說，想必真有什麼本事，讓他試試。
如果殺不了華雄，我甘受軍法處置！
好氣魄！
請先飲下這杯熱酒，再戰華雄！
不用了。
啪
等我斬了華雄，回來再喝！

呀！
啊！
華雄還沒回過神來，就被關羽一刀斬下馬來。
什麼！
前後不過喝一杯茶的工夫。
曹操大喜，端過酒杯，裏面的酒還是暖的。
將軍神人，請飲下這杯酒！

洛陽
不好了！華雄將軍戰死了！
誰這麼大膽，敢殺我上將！我要親自會會他！
董卓率領十五萬大軍前往虎牢關。
虎兒隨我出發！
遵命！
呂布騎着赤兔馬，驍勇善戰，很難對付。
馬中赤兔
人中呂布
呂

虎牢關
我兒帶三萬人馬，前去攔截他們的進軍要道！
是，父親！
呂
報！敵軍殺來了！
好，三千鐵騎隨我來！
衝啊！
殺啊！

名將方悅和
呂布交起手來。
鏘！
啪
嚓！
快逃啊！呂布
太厲害了！

第二天，眾諸侯正討論對付呂布的辦法。
不好了！呂……呂布在寨前挑戰！
這麼快就殺來了！
穆順
有什麼好怕的！我去見他！
啪
咔！

啊！穆順他……
呂布，來會會我武安國的大錘！
砰
呼
啊！
救命啊！
啊！

公孫瓚大怒。
逆賊，不得猖狂！
鏘
呼
鏘
嗖
嗖

呂布你別囂張，燕人張翼德來了！
鐺！
鐺！
呼
呼
呼
呀
呀

呀！
厲害！
咔
呀！
三弟，我來助你！
呼
鐺

鐺
呼
呼
這兩個傢伙
都好厲害！

呀！
二哥！
一起打！
鐺！
鐺
鐺

二弟、三弟有點兒吃力呀！
兄弟們，我來了！
呼
這就是歷史上有名的三英戰呂布。

擋不住了……
看戟！

嗖
殺！
一起衝啊！
快開門！賊軍殺過來了！
呂
虎牢關

勝利啦！
三位真厲害！
這一戰之後，三位一定名揚天下啊！
自此一戰，劉、關、張三人名震天下。

3 巧施美人計

董卓戰敗後，逃出洛陽，遷都長安。
董卓越來越殘暴。
給我殺！
董卓這傢伙太可惡了！
就是，就是！
王允是個忠臣。
王允
我要想法子殺了董卓這個奸賊！
可是董卓手握兵權，沒辦法啊！

為了這件事，王允整日苦想對策。
唉……
唉……
貂蟬
你為什麼在這裏歎氣？
我見您坐立不安，很為父親擔憂啊！

女兒呀，不知不覺，你已經長這麼大了……
貂蟬原是一個孤兒，王允收養了她，一直視為親生女兒。
如今她已是一位傾城傾國的美人。
董卓和呂布都是好色之徒……
我有辦法了！

啪！
父親怎麼能給我行禮？女兒受不起！
女兒啊！我要請你離間董卓與呂布，讓他們相互爭鬥……
轟
嗚嗚
女兒啊！拯救大漢的重任全靠你了呀！

過了一會兒……
當年要不是父親收養了我，我可能早就死了。
我答應你，父親！
老夫代大漢子民謝過！
祖廟
誓滅董賊！

老夫想請將軍到府上喝酒。
呀！連王允都想巴結我了，嘿嘿！
這天，呂布應邀來到了王允的府上。
温侯請！
嘿嘿，好酒啊！
女兒，出來為將軍跳舞助助興！

哇啊！好美的人呀！
天仙啊！
哼！果然是個好色之徒。
我很想把此女給將軍做妾，不知將軍是否願意？
願意願意！一百個願意！

府呂
哎呀呀，怎麼會那麼好看呢？
真的是太美了呀……
嘿！嘿！好想天天見到她！
我剛巧路過，過來看看。
自此，呂布常常找借口去王允府上看貂蟬。
我剛巧要去趙大人府上，叫小女陪你吧！

貂蟬和呂布
日久生情。
是時候叫董賊來家裏了。
大人，能否賞臉到我家裏坐坐？
好呀！
王允家裏。
呀！美女！

王允，你府上還藏着一位絕色美人哪！
大人過獎了，這是我的乾女兒貂蟬。
是嗎？那太好了！
哼！
我叫小女為大人跳舞助興吧！
好！好！非常好！

大人，我視貂蟬為親女兒，希望能把她嫁給您呢！
王大人！你真是忠臣啊！
那今晚就叫貂蟬和我回府吧！
可惡的董賊，你的死期快到了！
府師太
哈！美人啊！

嘿嘿，什麼忠臣，還不一樣巴結我！
不過，貂蟬實在是太美了。
第二天，董卓就命人去王允家下聘禮。
我大喜的日子，不能少了我的虎兒！
把呂布叫回來！

哈！義父又要納妾了。
太師府
恭喜父親！不知道是哪家女兒有這個福氣？
嘿嘿，是王允的女兒貂蟬！

什麼！
嘿嘿，可漂亮了！
這小子怎麼了？
呀！

王允老頭，你給我出來！
你為什麼背信棄義，又將貂蟬嫁給董卓？
嗚嗚，將軍啊！你冤枉老夫了！
你說話啊！哭什麼？
董卓那天不小心看到了貂蟬，就強行要貂蟬嫁給他。

他勢力那麼大，我哪裏敢反對……
呂府
太可惡了！
砰！
貂蟬，貂蟬啊！
第二天，董卓張燈結綵地迎娶貂蟬。

嘿嘿！
呀！可惱可惱啊！
唉……
呂將軍天下無敵，可是連自己心愛的女人都保護不了。
此後，呂布每次見到貂蟬，都非常難受。

王允更是經常請呂布喝酒。
將軍不要再想小女了，董卓的權力太大了。
哼！權力大又怎樣？
將軍不怕他，真英雄啊！
唉，如此英雄卻要被董卓利用，可惜！

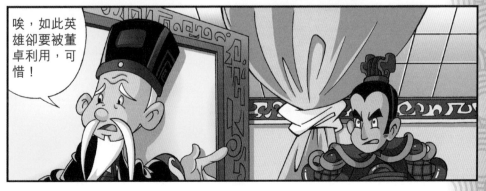

呂布對董卓越來越不滿。
砰
可他是我義父，我又能怎麼樣啊……
這一天，呂布來董卓府上辦事。
我義父呢？
太師出去了。
那我隨便走走好了。
鳳儀亭
貂蟬，多日不見，你最近過得好嗎？
嗚！
嗚，將軍……

貂蟬日夜都在思念將軍啊！
貂蟬，嗚……
嗚！
啊！
哎呀！不好！
你這個孽子！
你還敢跑！給我站住！

看戟！
呼
砰！
好險啊！

貂蟬！你背着我做什麼啦？
說！你和呂布那小子做什麼啦？
嗚嗚，太師冤枉我了。
哦？美……美人你不要哭啊！
是那呂布看我貌美，就輕薄我！你還對我兇。
這個該死的傢伙！

呂布氣呼呼地
找到王允，把剛才
的事情告訴了他。
嗯，時機
到了。
將軍把董卓
當父親，他
可不把你當
兒子啊！這
是要殺你！
是他先
不仁，
別怪我
不義！
除掉董卓，
將軍不僅能
得到貂蟬，
還是拯救漢
朝的功臣！
全聽大人
安排！
兩人開
始密謀怎麼
除去董卓。

呂布按照計劃，先假意向董卓道歉。
義父，都是我的錯。
算了。
可董卓還是怕呂布去找貂蟬，就派他到別處。
這時，王允帶領大臣向董卓進言，請他做皇帝。
什麼，叫我做皇帝？
嘿嘿！老夫早就想做皇帝了。可是，要是這幫大臣裏面有反對的，就不太好了。我還是假意推辭一下。
不行，不行的。

太師就不要推辭了！
這……好吧，是你們叫我做的啊！
這一天是董卓登基的日子，他興沖沖地駕車入朝。
王允他們是什麼意思？
反賊已到，武士們在哪裏？

殺！
呂布來了！
哈哈！虎兒快將王允殺了！
誅殺董賊！
啊！
呂布殺了董卓後，將士們齊聲歡呼。
哇！
好！

4 煮酒論英雄

董卓死後，曹操越來越強大，當上了丞相。
曹操要封賞隨他出征的將士們。
啟稟皇上，這位劉備將軍是我朝中山靖王的後代。
哦？那不就是我的叔父了？快查查族譜。
皇上，小人查過族譜，劉備確是中山靖王之後。
這下好了，終於有個幫手可以對付曹操了！
皇叔有禮啦！朕封你為左將軍！
劉備謝主隆恩！

丞相府
丞相，聽説皇帝認劉備為皇叔，這恐怕對丞相不利啊！
荀彧
哈！哈！怕什麼，現在皇帝都得聽我的，劉備更不敢做什麼了！
可是，丞相還是小心為妙！
唉，您還是好好考慮一下吧！
哈哈！荀彧（粵音郁）你也太小心了！

丞相府
程昱
丞相，我有一事不明啊！
哦？什麼事？
現在丞相這麼有威望，為何不乘機成就霸業？
不可輕舉妄動啊！
現在朝中還有不少忠於漢室的大臣呢！
明天我請皇上出城打獵，看看動靜再說。

皇上，今天風和日麗，不如和大臣們一起去打獵吧！
既然丞相建議，那好吧！
劉備及文武百官一起和皇帝出城打獵。曹操和皇帝騎馬並排行走。
嗒嗒嗒
皇叔，朕要看你射箭！
領命！

嗖
皇叔神箭啊！
啪
嗖
嗖
嗖
啪
啪
啪

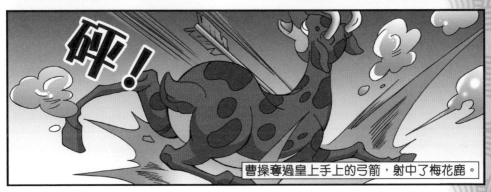

丞相，你來射那隻梅花鹿吧！
遵命！
啪
啊！
嗖
砰！
曹操奪過皇上手上的弓箭，射中了梅花鹿。

陛下神箭！
皇上萬歲！
哈哈！過獎！
啊？
可惡！好狂妄的曹操！
鐺
二弟，不要衝動！

丞相神箭，真是天下少有啊！
哈哈！這是託天子的福呀！
啪
唉，曹操真是太欺負朕了啊……

大哥剛才為什麼不讓我殺了曹操？
二弟啊，那裏的人都是曹操的心腹，動起手來，會誤傷天子的。
唉，曹操以後一定會擾亂國家的……
砰
二弟啊，這些話一定要放在心裏，千萬不能傳出去啊！切記。

皇上回到宮裏，想起白天的事，氣得哭了起來。
啪
皇后啊，怎麼滿朝文武就沒一個能救國家的？嗚嗚！
皇上不要心煩，有個人能救皇上。
這是皇后的父親伏完。
太好了！誰能救國家？
車騎將軍董承。
於是，皇上寫了一道血詔，藏在自己的玉帶中。

第二天，皇上詔董承進宮，將玉帶賜給他。
回家仔細看看。
哦？這裏有一道新縫的線。
除去曹操
安定天下
這時，董承的好友王子服正巧來到他家。
你偷偷摸摸在看什麼？
唉，這是皇上的血詔，你看看吧！
我願意和你一起聲討曹操！

董承很快與幾位忠臣聯合起來。
劉備是皇叔，又很講義氣，我們應該叫他加入。
好，我先去探探他的口風。
劉皇叔在嗎？
哎，是董大人啊！快快請進！
皇叔，那天打獵時，關羽要殺曹操，你為什麼要阻攔？
曹操無禮，我二弟一時衝動，我自然要阻攔他了。

唉，朝中大臣都像他這樣，天下就太平了。
董大人言重了，有曹丞相在，還有什麼不太平的呢？
劉備！虧你還是皇叔！
對不起，請息怒啊！我是怕大人不是真心，才說了假話。
皇叔請看，這是皇上秘密給我的血詔。
將軍放心，我一定助你鏟除奸邪！
你也要小心，不要洩露秘密啊！

從此，劉備就天天在家裏種菜，以免曹操起疑心。
大哥為什麼對天下事不關心，只在菜園種菜？
哈！哈！我自有道理。
許褚
丞相請皇叔到丞相府！
曹操葫蘆裏到底賣的什麼藥？

哈！看你在家裏做的好事！
什麼！難道我們密謀要鏟除他的事情敗露了？
你堂堂一位皇叔，整天不做正事，倒在家種菜呀！
哈！我那只不過是消遣消遣，丞相見笑了。
隨後，曹操就拉着劉備到了後花園。

梅子剛剛長熟，所以邀請你聚一聚，喝個酒！
謝丞相美意！
轟轟
隆隆
你到過很多地方，見過很多人物，你覺得當世誰是英雄？
嘩
嘩
這……我凡夫肉眼，不識什麼英雄呢！嘿嘿！

沒見過，聽過吧？
淮南袁術兵多糧足，算英雄嗎？
哈哈
他就像墳墓裏的枯骨，我遲早除了他！
河北袁紹名門世家，手中有很多的謀士勇將，可算得上當世英雄嗎？
他外強中乾，見利忘義，不算英雄。

那威震九州的劉表呢？
劉
劉表徒有虛名，沒什麼真本事，不算英雄。
還有一人，血氣方剛、獨霸江東的孫策，可算英雄？
孫
哼！孫策全靠他父親的聲望，不算不算！
劉備又提了一些人，曹操都說他們不是英雄。
他們都不算英雄，那我實在想不出誰了。

英雄應該是胸懷大志，腹有良謀，對天下事無所不知！
不知道誰是這樣的英雄？
天下英雄，只有你我二人！
啪

正巧天上打了一個響雷，下起瓢潑大雨。
這雷聲太可怕了，把筷子都震掉了。
你堂堂大丈夫，也怕雷聲？
聖人孔子遇到迅雷暴風都嚇得變了臉色，更何況我呀？
原來是這樣啊！
曹操見劉備這樣膽小就不再猜疑他了。
哈哈！不說了，喝酒！
好！

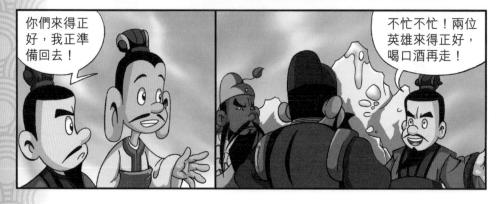

雨停了，我也該回去了。
兩位賢弟，你們怎麼來了？
聽説曹丞相請大哥喝酒，我們特意過來看看。
你們來得正好，我正準備回去！
不忙不忙！兩位英雄來得正好，喝口酒再走！

喝完酒，劉備三兄弟離開丞相府。
我天天種菜，就是想讓曹操以為我胸無大志，他卻還説我是英雄……
原來大哥是這般用意啊！
第二天，曹操又把劉備叫去喝酒。
報！袁紹勢力越來越大，袁術準備去投靠他了！
太好了，正發愁沒有脱身之計，這下有辦法脱身了！

丞相，我願帶兵前去捉拿這個袁術！
嗯，正好試探他是不是有異心……
好，明天我們一起上殿奏明皇上，你就可以馬上出兵！
第二天。
皇上，劉備願去討伐袁術。
好，朕就派給皇叔五萬精兵討伐袁術！
謝皇上！

讓我的這兩位將士和你一起去吧！
第二天，大軍出發前……
皇叔慢走！
國舅放心，劉備銘記在心！
皇叔千萬不要忘了皇上的囑託啊！

大哥，此次出征，
為何如此匆忙？
這次我們離開，如同魚入大海，自由了！
過了一段時間，劉備擊敗了袁術。
你們回去稟告丞相，我已打敗袁術！
是！

報告丞相，劉備已經擊敗了袁術大軍。
你們怎麼回來了？劉備的大軍呢？
啊？是劉備叫我們回來的。
大……大軍都在劉備那兒呢！
你們兩個笨蛋！叫你們去是監視劉備的，居然回來了！
劉備領着兵馬，在徐州駐守下來。
徐州

5
千里走單騎

血詔事情敗露後，曹操要討伐劉備。
劉備敗走，投奔袁紹。
關羽帶着劉備的家眷被曹軍困住。
關羽只好暫時投降，但他與曹操約定，只要找到劉備，他就離開。
曹操很欣賞關羽，時常宴請他，還送他美女和房子。
唉！不知道何時能回到大哥身邊……
好一個重情義的漢子！

雲長的戰馬太瘦弱了，這可不行啊！
這是呂布的赤兔胭脂馬，我把牠送給將軍。
多謝丞相！有了這匹千里馬，只要有大哥的消息，就能很快回到他身邊了。
嘿嘿，雲長真重義氣啊！
為了拉攏關羽，曹操想盡了辦法。
曹操對我的恩情，我還是要報答的啊！

劉備投奔袁紹後，袁紹興兵討伐曹操。
袁紹的大將顏良無人能敵。
關羽得知了這個消息，飛馬來到前線作戰，以報曹操恩情。
嚓
關羽連殺顏良、文醜兩員大將。
咔

那不是我家二弟雲長嗎？
劉備正準備過河相認，曹操大軍又來了。
殺啊！
唉，在戰場上無法相認啊！
袁紹營中。
都是你的兄弟關羽，害死我兩員大將！
大人息怒，曹操這是存心激怒你，借你的手除掉我啊！
說得也是，那這如何是好？
我可以把關羽勸降過來。
太好了！能得到關羽，勝顏良、文醜十倍啊！

關羽收到劉備的密信，萬分高興，也轉告了劉備的兩位夫人。
待我向曹操告辭後，我們就走！
迴避
誰知曹操料定關羽要走，在府上掛了迴避牌，不接見客人。
關羽一連去了好幾次，都沒見到曹操。
不能再耽擱下去了，我必須得走。還是給曹操寫封告別信吧！
這封書信務必交給丞相。
臨走前，關羽還把曹操送的財物和官印通通留下。

誰知剛出城，曹操就領着幾個隨從趕來了。
雲長等一等！
難道他是想抓我們回去？
隨從的大將都沒帶兵器，不太像……
雲長要走，我來送一些金銀和長袍。
金銀就不必了，只要這長袍就行。多謝丞相！
真是個重義氣的人啊！你們要多向他學習啊！

關羽走了幾天，來到一處關口叫東嶺關，由孔秀率兵把守。
東嶺關
關羽！你沒有過關憑證，我要奏明丞相才能放行！
這麼說，你是不肯放我過關了？
哎呀！太厲害了！
過關！

漢
陽洛
韓福
天啊！孔秀被關羽殺了！
關羽英勇，我怕擋不住。放他過關吧，丞相又會怪罪我。我該怎麼辦好呢？
大人，我有一計，可以除掉關羽。
由我來戰關羽，然後假裝戰敗，誘他追我，大人再用暗箭射他。
嘿嘿，不錯，好！
洛陽城外，韓福率兵攔住關羽。

你沒憑證就是私逃，不准過關！
呵！拿命來！
鐺
來吧，叫韓大人一箭射死你！
呼
我的媽呀！怎麼跑得這麼快啊！

嗖
正在這時，韓福放出一枝箭……
可惡！
惡賊，受死！
呼
砰！
洛陽
關羽過了洛陽，連夜趕路。

天亮了，沂（粵音兒）水關近在眼前。
關水沂
把關太守卞嘉得知關羽來到，急忙率人出關迎接。
卞嘉久仰將軍威名啊！
將軍千里尋兄，真夠義氣！我願護送將軍過關！
將軍勞累，不如到鎮國寺用個餐再走？
寺國鎮
也好，多謝太守！

將軍與老衲是同鄉，不如先到房裏喝杯茶水？
好！
那……將軍先去喝茶吧！
嗯？
哦，我明白了。

將軍，走！我們吃飯去！
請！
卞嘉，你是要請我吃飯還是要害我！
來人！給我拿下他！
呼

可惡！給我站住！
看錘！
鐺
呀！
賊人！哪裏逃！
咔
多謝方丈相救！
不客氣，將軍後會有期！

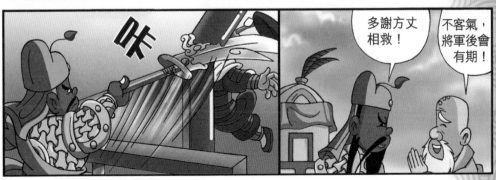

這天，關羽他們到了滎（粵音形）陽關。
我們一起衝過這關！
誰知滎陽太守王值早就在關外等候。
請關將軍到關內休息一天再走吧！
不會有詐吧？但兩位嫂嫂累了，需要休息呢。
那就謝過太守了！
驛館

這是太守給將軍及兩位夫人準備的酒菜。
你帶領一千士兵把驛館給我燒了！燒死他，看他怎麼逃！
胡班
胡班一直仰慕關羽的大名，想看看關羽的真面貌。
不知道這位大英雄長什麼樣子？
春秋
真用功啊！

誰在外面？
這樣一位英雄，怎麼能死在小人手上……
小將胡班，見過將軍。
將軍，那王值想叫我燒死將軍，將軍快走吧！
於是關羽帶着一行人出了驛館，士兵見他威風凜凜，都不敢上前阻攔。
將軍快走！

多謝小兄弟。
沒走多遠，王值就帶領人馬追了上來。
站住！
惡賊，趕來送死嗎？
看槍！
呼
糟了！快逃快逃！

沒多久，他們來到黃河渡口。過了黃河，就是袁紹的地盤。
黃河渡口
哪裏有過河的船？
休想偷渡！
秦琪
沒有過關憑證，不許過去！
咔
關羽命士兵找來了船，帶劉備家眷過了黃河。

關羽剛過了黃河，就遇到孫乾。
孫乾先生！你怎麼在這裏？
雲長！終於等到你了，皇叔專門讓我在這裏接你！
我大哥呢？
皇叔已經離開袁紹到汝南了，我們直接去汝南與皇叔會合吧！
好！那就直接去汝南！

關羽！你給我站住！
夏侯惇
夏侯
你一路殺我將士，我不滅滅你的威風，我就不是夏侯惇（粵音嚬）！
呼
鐺
住手！不要打了，丞相叫我給關將軍送公文來了！

那丞相知道不知道雲長一路闖關殺將的事呢？
啊？那這就不知道……
那我就不能放他過去！
鐺
關羽！我們來一決高低！
鐺
兩位將軍停手！
張遼
夏侯將軍，丞相已經知道關雲長闖關殺將的事情了，丞相不怪他，下令放他過關。
哼！算他走運！

關羽繼續向汝南前進。
老鄉，請問前面那座山城是什麼地方？
這是古城。前不久一個叫張飛的將軍帶兵趕走了縣官，佔據了古城。
原來是三弟！孫乾你快進城通報一下！讓張飛來接兩位嫂嫂！
好的！我現在就去！
啪
你這個關雲長，還敢來我這兒！
啊！三將軍這是怎麼了？

關雲長！
嗒
嗒嗒
三弟！想死你二哥了！
紅臉賊！拿命來！
啊？三弟你這是做什麼？
呼
三弟為什麼要殺我？把話說清楚！

你投靠了曹操！
你聽誰說的，我沒有啊！
你騙誰啊！天下誰不知道你幫曹操殺了顏良、文醜！
曹
你還帶兵來殺我！
你等着，我可以殺了他們，證明我的清白！
好，我親自敲鼓！三通鼓之內你得斬了來將！
張飛才敲了一通鼓，關羽就把曹軍擊退了。

啊！
二哥，是我錯怪你了，對不起！
第二天。
三弟先守着古城，我去見大哥！
好！
大哥，我終於見到你了！
二弟！我真掛念你們啊！
大哥，三弟和嫂嫂在古城等着我們，我們快過去吧！
好！
兩人一起回到古城。兄弟三人又聚在一起了。

6 曹袁戰官渡

袁紹滅掉了許多諸侯，成了一方霸主。
這時袁紹在北方的對手就只有曹操了。於是，他起兵七十萬討伐曹操。
將士們！
討伐曹賊！
袁紹大軍浩浩蕩蕩地向官渡進軍。

曹操也帶領了七萬人馬來到官渡。雙方都紮起了大營。
曹
曹
曹操的將士見袁紹人多勢眾，有些害怕。
袁軍的人馬好多啊！
怕什麼！我軍雖人少，但都是精銳，可以一當十。
荀攸
關鍵是要速戰速決，如果時間長了，糧草供應不上就不利了。
不錯，你說的很有道理！
曹操力求速戰，帶上精兵猛將向袁紹大營殺去。

袁紹也帶了精兵猛將迎戰。
袁紹！我在天子面前保奏你為大將軍，你為什麼還要造反！
呸！你這個挾持天子的國賊！今日我就替天下人誅殺你！
好囂張！張遼，給我擒下袁紹！
曹賊別放肆！張郃來了！
鐺

鐺
可惡！許褚來了！
呼
這時，曹操陣中的許褚也殺了出來。
高覽
哎呀呀！想兩個打一個！我來戰你！
四員大將殺得天昏地暗。

夏侯惇、徐晃和李典又領着三千士兵向袁紹陣中殺去。
兄弟們！衝啊！
哐哐哐
哐哐
放箭！
嗖嗖嗖嗖
可惡！好多箭啊！快退兵！
啪啪啪啪

這一戰，曹操的軍隊大敗。
曹
袁
緊追曹軍，在曹軍大營前紮寨！
我們可以築起土城，居高臨下，用箭射殺曹軍。
好主意！
不到十日，袁軍就築好了五十座土城。

袁軍整天向曹軍射箭。
嗖嗖嗖嗖
哎，這日子什麼時候才到頭啊！
丞相，我設計了一種投石車，可以對付袁軍。
太好了！馬上造！
砰
快跑啊！再不跑就變成肉餅啦！
哎呀！
呼
呼
呼
呼
我才不去呢，要去你去！
你怎麼不去上面守着啊？

雙方在官渡對峙了一個月。
乾脆退兵吧！可要是袁紹追過來怎麼辦？
嗯，還是給荀彧寫封信，徵求一下他的意見。
速速去許昌，把這封信交給荀彧。
丞相萬萬不可撤軍啊！此戰是決定未來天下格局的關鍵！
丞相，袁軍遠道而來，只要相持時間一久，袁軍內部必將有變。到時我軍就可以出奇制勝。

好！傳令下去，全軍將士死守，不要讓敵軍前進一步！
袁
袁軍見進攻不利，果然向後撤退了三十里地。
一天，徐晃抓住了一個袁軍的間諜。
徐晃
你鬼鬼祟祟的做什麼？老實交代！
我……我是來探路的，大將韓猛要運糧到前軍。
這個消息太重要了！我要馬上報告丞相。
天助我也！徐晃你前往攔截，燒毀袁軍的糧草。
許褚和張遼接應，袁軍必亂陣腳！

當天晚上，韓猛帶着三千軍士運送糧草。
韓猛
不好，是曹軍！
曹
鐺
呼
啊！不好！
糧草通通給我燒了！

韓猛逃回大營，向袁紹報告了此事。
呵！你是怎麼辦事的！
將軍，行軍打仗，糧食最重要了，曹軍要是去我軍屯糧的烏巢劫糧就不好了。
我早就計劃好了！淳于瓊，你帶三萬人馬去守烏巢！
末將得令！
不過淳于瓊喜歡喝酒，根本沒把軍務放在心上。

一日，袁紹的謀士許攸抓到一個曹軍的信使。
哈哈！曹操軍糧已盡，我們的時機到了！
主公，曹軍缺糧，現在正是攻打曹操的好時機！
哦，是嗎？
曹操詭計多端，這會不會是圈套？
正巧有人舉報許攸的親戚在後方貪污錢糧。
看你姪子做的好事！你還有臉來獻策？
原來有人和許攸不和，故意陷害他。
氣死我了！不待在這裏受氣了！
袁
許攸見袁紹不信任自己，連夜投奔曹操。

丞相，許攸投奔您來了！
太好了！許攸，你終於肯到我這裏來了！
哈！哈！你能來真是太好了！
許攸把袁紹不信任自己和他當時獻的計策都說了。
哎呀！袁紹要是聽你的，我就完蛋啦！
你是怎麼知道的？可有辦法救我軍？
許攸還說出了曹軍糧草不足的事情。
袁軍的糧食都藏在烏巢，你們可去劫糧。
這真是太好了！

第二天，曹操親自帶五千精兵前去烏巢劫糧。
曹
臨行前還布置好了伏兵，以防袁軍偷襲。
袁
曹
夜裏，曹軍殺進了毫無防備的烏巢大營。
你……你們是要……要來和我喝酒的嗎？

曹軍不但劫了糧，還把烏巢的囤糧燒了個精光。
隨後，曹軍穿上繳獲的袁軍衣服，扮作袁軍回營去了。
啊哈！你是袁軍。
烏巢火光衝天，袁紹很快得到了這一消息。
呀！你這個曹阿瞞！
蔣奇，你去救烏巢！張郃、高覽，你兩位率軍給我劫下曹操的大營！

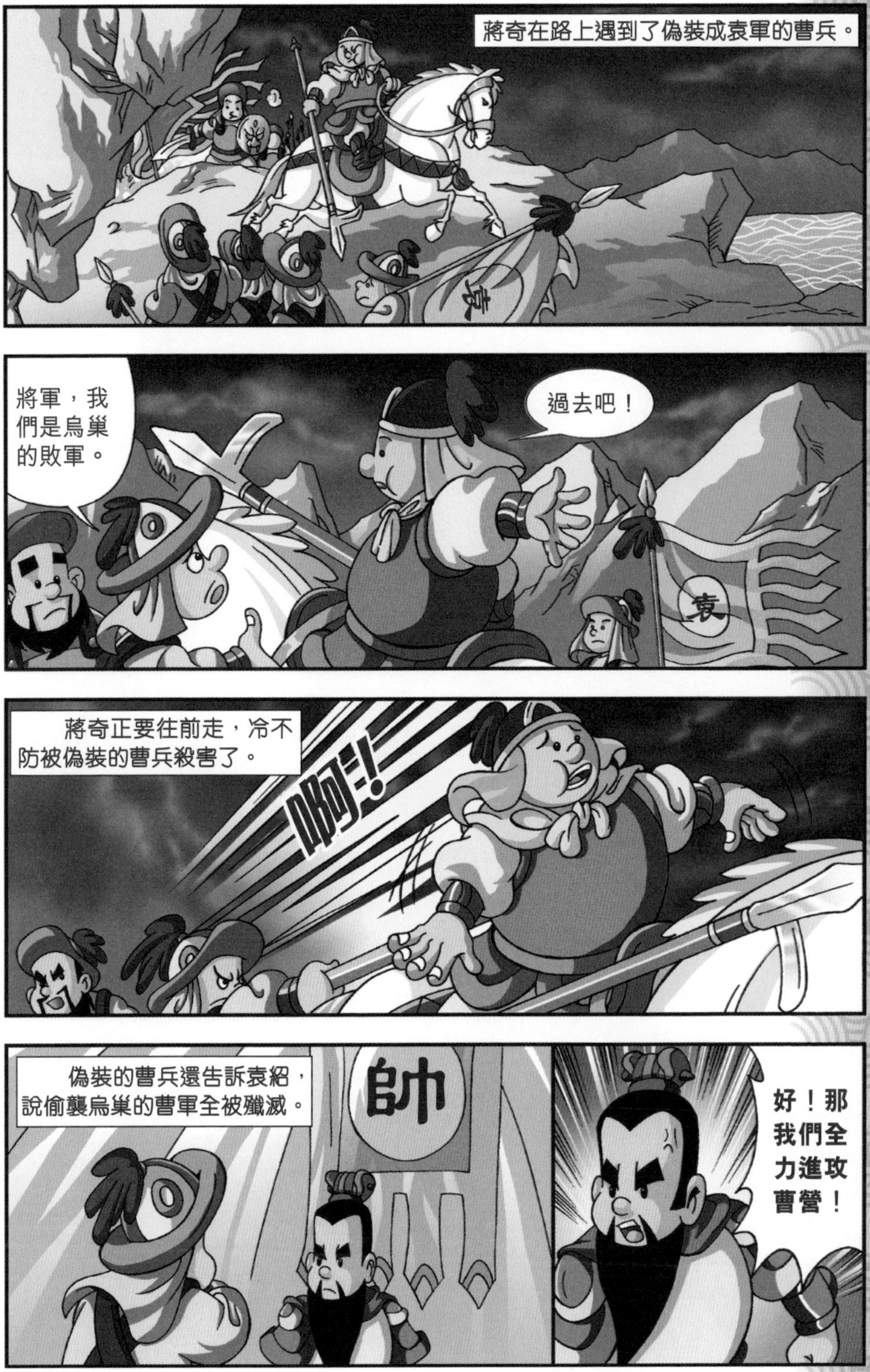
蔣奇在路上遇到了偽裝成袁軍的曹兵。
袁
將軍，我們是烏巢的敗軍。
過去吧！
袁
蔣奇正要往前走，冷不防被偽裝的曹兵殺害了。
啊！
偽裝的曹兵還告訴袁紹，說偷襲烏巢的曹軍全被殲滅。
帥
好！那我們全力進攻曹營！

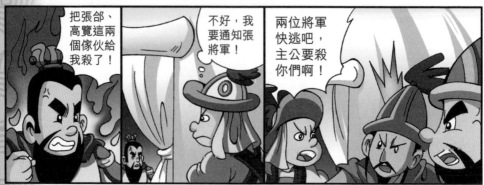

曹營怎麼空空蕩蕩的啊？
袁
殺呀！
不好，中埋伏了！
袁紹得知攻打曹營也吃了敗仗，氣得發抖。
把張部、高覽這兩個傢伙給我殺了！
不好，我要通知張將軍！
兩位將軍快逃吧，主公要殺你們啊！

張部、高覽見袁紹這樣昏庸，轉而投奔曹操。
歡迎兩位將軍！
兩位將軍以後可以在我這裏大展宏圖啊！
多謝丞相！我們願做消滅袁紹的先鋒！
袁軍開始人心惶惶，曹操準備進攻。
曹
我們分兩路軍，一路攻鄴郡，一路取黎陽，切斷袁軍的後路！
曹軍出發了。

什麼！曹操要斷我後路！
我的大將在哪兒呢？
快兵分兩路，去救黎陽和鄴郡！
曹
丞相，袁紹分兵去救黎陽和鄴郡了！
好！我們進攻的時候到了！

嗒
曹
嗒
嗒
嗒
衝啊！
袁
曹……曹
軍看起來
好……好
威猛啊！
情況不
妙……

嚓
咔
啪
啪
啪
咔

殺！
殺！殺！
殺！
殺！

快撤，快撤！曹軍太厲害了！
快逃命啊！

父親，快隨我先避一避！

不要放走了袁紹！
袁紹只帶着八百多人過了黃河。
没能過河的八萬袁軍不是戰死，就是四散而逃。
袁

這時，去救黎陽和鄴郡的袁軍……
終於來了！我們等候你們多時了！
不好，中了曹軍的埋伏了！
放箭！
嗖
嗖
嗖
嗖
嗖
嗖

呼
呼呼呼
去救黎陽和鄴郡的袁軍也全軍覆沒。

噢！大獲全勝啦！
我們勝利啦！

父親！
不要動怒啊！
官渡大戰後，袁紹元氣大傷，只好先回冀州養病。
曹操擊潰袁紹，逐漸稱霸北方。
曹

漫畫三國（上）

原　　著：羅貫中
編　　繪：趙鵬工作室
責任編輯：陳友娣
美術設計：陳雅琳
出　　版：新雅文化事業有限公司
香港英皇道499號北角工業大廈18樓
電話：（852）2138 7998
傳真：（852）2597 4003
網址：http://www.sunya.com.hk
電郵：marketing@sunya.com.hk
發　　行：香港聯合書刊物流有限公司
香港荃灣德士古道220-248號荃灣工業中心16樓
電話：（852）2150 2100
傳真：（852）2407 3062
電郵：info@suplogistics.com.hk
印　　刷：中華商務彩色印刷有限公司
香港新界大埔汀麗路36號
版　　次：二〇二〇年四月初版
二〇二二年一月第二次印刷

原書名：漫畫三國

由中國少年兒童新聞出版總社首次出版

ISBN: 978-962-08-7457-4

18/F, North Point Industrial Building, 499 King's Road, Hong Kong
Published in Hong Kong, China
Printed in China